Carl A. Bodinet: Globales Geld für Alle

AF285769

Aus aktuellem Anlass - Euro-Krise - veröffentliche
ich hier eine gekürzte und leicht modifizierte
Ausgabe meiner Schrift aus 2010 „Neues Geld für
die Welt" mit dem unten dargestellten Titel in der
Absicht und Hoffnung, dass endlich eine
Diskussion über die Zukunft eines tragfähigen
Welt-Währungs-Systems in Gang kommen möge.

Bonn, im September 2011

Carl A. Bodinet

Globales Geld für Alle

Die Zukunft des Geldes

»Höhenflug« mit »Bodensicht«
oder
Wie sich ein globaler Finanzcrash verhindern ließe

Plädoyer für ein neues Geldsystem

Bibliografische Information der Deutschen
Nationalbibliothek
Die Deutsche Nationalbibliothek verzeichnet
diese
Publikation in der Deutschen
Nationalbibliografie;
detaillierte bibliografische Daten sind im
Internet
über http://dnb.d-nb.de abrufbar.

Herstellung und Verlag:
Books on Demand GmbH, Norderstedt

ISBN 9783842366190

Für meine Kinder und Enkel

und

die aller Anderen

Inhalt:

Vorwort

Die Situation ist jedem Piloten bekannt und zugleich bei allen gefürchtet.

Du fliegst unter *Sichtflugbedingungen* und gerätst *»in die Wolken«*.

»Du hast fünf Minuten bis zum Aufschlag!«

So lautet die gängige Formel dafür, was erwartet werden muss, wenn du ohne *Sicht* weiterfliegst.

Die einzige Chance, die dir bleibt, heißt:

»Bodensicht« !

So ähnlich ließe sich auch die Szenerie beschreiben, als im Herbst 2008 die Weltöffentlichkeit mit der aktuellen Weltfinanzsituation konfrontiert wurde.

Die deutsche Kanzlerin trat zusammen mit ihrem Finanzminister im Fernsehen vor die Öffentlichkeit und verkündete eine unbedingte Garantie für die Spareinlagen der Bürger bei den Banken.

Damit war der *Flieger* noch nicht aus den Wolken heraus, doch der *Pilot* behielt die *Nerven* und geriet nicht *in Panik*.

Die *Landung* steht noch aus und die *»Flug-Kontroll-*

Stellen« arbeiten »*fieberhaft*« daran, den Flug zu stabilisieren, doch der *Boden* ist noch nicht sicher auszumachen, geschweige denn ein geeignetes Landefeld.

Wie kann der *Flieger* ohne *Crash* zu Boden gebracht werden?

Die Aufgabe ist nicht leicht, ja eher schwierig; aber vielleicht doch lösbar, nur wie?

Bonn und Dillingen, im September 2010

Einleitung

Es gibt, glaube ich, zwei Begriffe, die für die allermeisten Menschen die größte Bedeutung im Leben haben:
Glück und *Zufriedenheit*.
Danach streben wir alle.
Sie sind im Grunde genommen schon von der Art eines *Naturrechts*, weswegen wohl auch die amerikanische Verfassung explizit darauf Bezug nimmt.
Doch wie so oft, scheint auch in dieser Hinsicht eine *Gaußsche Normalverteilung* vorzuliegen, die bekannter Maßen beschreibt, in welcher Häufigkeit bestimme Eigenschaftsmerkmale in der Bevölkerung statistisch verteilt sind.
Welche Rolle spielt in diesem Zusammenhang das *Geld*, das zwar nicht unbedingt - im Einzelfall- zu Glück und Zufriedenheit führt, jedoch seine Abwesenheit in den allermeisten Fällen zu deren Gegenteil, *Unglücklichsein* und *Unzufriedenheit?*
Ließe sich gar, ähnlich wie in der amerikanischen Verfassung bezüglich *Glück*, auch ein Recht auf Geld begründen?
Bei uns in Deutschland gibt es – neben der bedarfs-

orientierten und -kontrollierten Sozialhilferecht-Regelung - bereits weitergehende Vorschläge und Initiativen, die in etwa eine solche These vertreten, wie z.B. *Götz, Werner:»Grundeinkommen für alle«*, die ich nicht nur begrüße, sondern auf längere Sicht für unerlässlich halte.

I

Über Theorie und Praxis der Ökonomie

Die heute gültigen Wirtschaftstheorien beschreiben den operativen Charakter der ökonomischen »*Wirkkräfte*« mit vorwiegend statistisch orientierten Modellen auf sehr vordergründige Weise.

Die einzelnen Elemente werden sehr genau analysiert, gewichtet und bewertet und in einen kausalen Wirkzusammenhang gebracht. Daraus werden *Hochrechnungen* erstellt, die zukünftige Entwicklungen der einzelnen Elemente und ihres Zusammenspiels prognostizieren.

In aller Regel versagen diese Prophezeiungen jedoch signifikant, so sehr, dass beispielsweise die deutsche Regierung schon darüber nachgedacht hat, ihr dafür zuständiges Beratungsgremium, den sogenannten *Sachverständigenrat* abzuschaffen; denn der hatte nachgewiesenermaßen noch nie Recht mit seinen Prognosen!

Ein wenig erinnert das an den durchaus vergleichbaren Zustand der Wettervorhersage, die ja auch in jüngster Zeit- wohl unter dem Einfluss des Klimawandels - immer mehr an die Grenzen ihrer prognostischen Qualität stößt.

Wenn nun aber schon die »*klügsten*« unter den »*Sachverständigen*« ständig mit ihren Prognosen daneben liegen, wer in aller Welt soll dann die notwendigen Reformen konzeptionell entwerfen?

Offenbar bedarf es dazu eines Denkens, das das *Ökonomische System* in seiner Ursprünglichkeit völlig neu beschreibt und *radikal* neu interpretiert. Dann sollten wir damit beginnen, dieses zu tun!

II
Was Geld eigentlich ist

Die aktuelle weltweite Krise des Finanzsystems zeigt uns in aller Deutlichkeit auch die Reformbedürftigkeit dieses Systems auf.

Was Jahrhunderte mehr oder weniger erfolgreich praktiziert wurde, muss nicht zwangsläufig, unter den heutigen veränderten Rahmenbedingungen als hinreichend tauglich angesehen werden.

Dass das *Geld* die zentrale *Wirk-Größe* im »*Ökonomischen Feld*« ist, zeigt sich deutlich immer dann, wenn das ganze Geld-System außer Tritt kommt, wie in der Weltwirtschaftskrise 1929 und auch heute.

In einem hoch differenzierten arbeitsteiligen Wirtschaftssystem, so wie es sich insbesondere heute auch auf globaler Ebene darstellt, ist wertstabiles und anerkanntes Geld absolut notwendig, um die Handelsbeziehungen der Akteure untereinander so *leichtgängig* wie möglich zu gestalten.

Das Verfügungsrecht auf Geld als Transaktionsmittel ermöglicht erst den zügigen Transfer von Gütern und Dienstleistungen, sowohl im nationalen wie auch im internationalen Rahmen.

Insofern bedarf es eben auch und gerade eines verlässlichen Finanzsystems, das die Akteure mit den notwendigen Geldmitteln ausstattet, um die ausreichende Versorgung der Menschen - und zwar aller Menschen - mit Gütern zu gewährleisten.

Wie aber muss ein Finanzsystem und das darin implizierte Geld gestaltet sein, wenn dieses erstens seine angemessene Funktionalität als Wertmaßstab, Wertübertragungsmittel, Wertaufbewahrungsmittel, Tausch- und Zahlungsmittel erfüllen soll und zweitens eine auch internationale Wertstabilität besitzen und behalten soll?

Doch fragen wir zunächst einmal ganz naiv:

»Was ist eigentlich Geld?«

Auf diese Frage antworten die Leute tendenziell meist mit Sprüchen wie :

»*Geld ist Macht*« und »*Geld regiert die Welt*«.

Die sozialpolitische Dimension des Geldbegriffs wird schon sehr treffend mit diesen Statements umschrieben.

Auf der individuellen Ebene werden hingegen eher Äußerungen getätigt, die den Wunsch nach ausrei chendem Vermögen, Reichtum und existenzieller Sicherheit beschreiben. Dabei ist der Begriff »*ausreichend*« ganz individuell verschieden, von bescheiden, genügsam bis maßlos.

Wie lässt sich nun eine hinreichend treffende Definition des Begriffs-Phänomens *Geld* skizzieren, die einerseits umfassend, andererseits aber auch eindeutig ist?

Ist das gar ein unüberwindbarer Widerspruch?

Ich denke Nein; denn es gibt einen gemeinsamen Nenner, der jeder Form von Geld und seinen verschiedenen, oben genannten funktionalen Aspekten zugrunde liegt. Dieser gemeinsame Nenner erschließt sich jedoch erst dann, wenn man sich von der *äußeren* formalen Gestalt des Geldes löst und seinen *inneren* Gehalt, seine gleichsam »*geistige Essenz*« zum Vorschein bringt, die hinter dem Begriff erkennbare *Idee* beleuchtet und erblickt, so ähnlich wie in dem berühmten »*Höhlengleichnis*« Platons.

Die Idee des Geldes ist eine informationstheoretische Kategorie!

Geld ist, systemtheoretisch gesehen, ein **„Kommunikationsfaktor"** im Energieaustausch des Handelns zwischen *sozialen Wesen.*

III

Vom Wert des Geldes

Woher bezieht dieser Faktor und damit auch die ihn jeweils repräsentierende konkrete materielle Form - als Geldschein und Münze -, aber auch die stofflose Form - als Buchgeld beispielsweise - seinen Wert?

In den traditionellen, wirtschaftstheoretischen Lehrbüchern findet sich häufig die folgende pragmatische Definition:

Der Wert des Geldes besteht in dem Wert der Güter, die man damit kaufen kann.

Das ist zugegebenermaßen zunächst, funktional gesehen, eine durchaus richtige Erklärung; doch die fast ausschließlich damit verbundene Sichtweise vom *Produkt* her und damit überwiegend auch vom *Sachgüter-Markt,* übersieht meist die immer auch ganz wesentlich damit verknüpfte implizite Bedeutung vom handelnden Subjekt her, das das Produkt mit seiner Arbeit erst »*erzeugt*«.

Aus dieser Sichtweise müsste die entsprechende Definition bezüglich des Wertes von Geld ganz anders formuliert werden, nämlich:

Der Wert des Geldes besteht in dem Wert der Arbeit, die für die Herstellung von Wirtschaftsgütern erbracht wird.

Das sind neben den *Dienstleistungen* auch die *Sachgüter.*
Der feine Unterschied zur erstgenannten Definition besteht darin, dass hier der human interaktive und kommunikative Aspekt des Geldbegriffs stärker betont wird und damit das Wesen des Geldes eigentlich erst richtig ausgedrückt wird.

Aus dieser Betrachtungsweise lässt sich nun eine Definition herleiten, die - aus meiner Sicht - erst das beschreibt, was Geld letztlich und eigentlich ist:

Geld symbolisiert eine Information, die den Wert menschlicher Arbeit beschreibt, die in einer gegebenen ökonomischen Handlungsbeziehung zwischen Menschen verrichtet wird.

IV

Vom Wert der Arbeit

Wie wertvoll ist nun aber eine ganz konkrete menschliche Arbeit?

Das ist die entscheidende, aber auch schwierigste Frage im Zusammenhang mit der hier zu erörternden Problematik.

Im allgemeinen wird der Wert menschlicher Arbeit - rein ökonomisch betrachtet- durch die Lohnhöhe bestimmt, die ihrerseits jedoch von zahlreichen Einflussfaktoren abhängig ist.

Bei der Bemessung dieses Wertes spielen sowohl objektive wie auch subjektive Gegebenheiten eine Rolle. So finden sich beispielsweise ausbildungsabhängige, marktabhängige, branchenbezogene und regionale Einflussgrößen; aber es spielen auch geschlechtsspezifische und andere willkürliche Festlegungen eine Rolle, wie viel jemand für eine bestimmte Arbeitsleistung als Lohn erwarten kann.

Unter dem Anspruch einer *gerechten* Entlohnung müssten zumindest willkürliche Einflüsse bei der Lohnfindung ausgeschlossen werden.

Das gilt weithin als anerkannte Maxime und drückt

sich in der Forderung »*gleicher Lohn für gleiche Arbeit*« sinnfällig aus.

Wie aber lässt sich eine gerechte Lohnhöhe bei ungleicher Arbeit ermitteln?
In solchen Fällen wird allgemein ein relativer Vergleich vollzogen, der nach quasi-objektiven Größen wie Ausbildung, Alter, Erfahrungsstand und dergleichen erfolgt, im Kern jedoch auf einer letztlich willkürlichen Einschätzung basiert.
So gesehen ist jeder Lohn <u>immer</u> größtenteils <u>willkürlich</u> bestimmt!

Nun muss jedoch eingeräumt werden, dass die Arbeitsergebnisse einzelner Arbeitsprozesse immer auch einen ganz spezifischen gesellschaftlichen Wert besitzen.
Wie ergibt sich dieser?
Objektiv ergibt sich derselbe nach der Wertschätzung, die ein Wirtschaftsgut am *Markt* erfährt und der sich dort in seinem *Marktpreis* niederschlägt.
Dieser richtet sich nach ganz individuellen Präferenzen wie Neigungen, Statuserwartungen, Merkmalen von Gruppenzugehörigkeit und sonstigen verschiedenartigsten persönlichen

Einschätzungen, welche die Nachfrage am Markt begründen.

Daraus folgt, dass die mit der Herstellung eines Wirtschaftsgutes verbundene menschliche Arbeit dann auch einen ganz spezifischen gesellschaftlichen »*Relativ-Wert*« besitzt, der stringent mit der jeweiligen Lohnhöhe korrespondiert.

Insofern wird der Wert menschlicher Arbeit natürlich auch von sehr variablen und teilweise sehr Zeitgeist abhängigen *Modeerscheinungen* beeinflusst, was man unter einem human-ethischen Gesichtspunkt nur schwer respektieren kann.

Wie soll nun unter diesen doch sehr variablen, wertorientierten Eigenschaftsmerkmalen menschlicher Arbeit ein eindeutiger Wertbegriff für eine allgemeine, daraus abgeleitete Geldform zustande kommen?

Eine fürwahr zunächst hoch problematische Fragestellung!

Lässt sich nun trotz dieser erheblichen Relationalität von Produkt- und Arbeitswert ein objektiver Maßstab für die Wertzumessung einer stabilen Geldeinheit finden?

V

Wie Preise entstehen

Betrachten wir einmal einen »*einfachen*« Produktionsprozess.

Er soll exemplarisch für alle ökonomischen Prozesse ähnlicher Art gelten wie hier z.B. die Herstellung einer Geburtstagstorte.

Das Endprodukt »*Geburtstagstorte*« soll eine Auftragsleistung nach Wunsch darstellen und zu einem ausgehandelten Preis geliefert werden.

Nehmen wir an, dass unter Berücksichtigung eines marktabhängigen Einflusses der reine Kostenpreis, über alle Kostenarten ermittelt, 100 Euro betragen soll.

Eine präzise Analyse der Zusammensetzung, also aller Substanzen, die in dem Kuchen enthalten sind und eine je eigene Entstehungsgeschichte haben, zeigt uns eine lange Reihe solcher vorgelagerter Prozesse gleicher Art, die alle ähnlich sind und mit einem je eigenen spezifischen *Massen*-Anteil in die Gesamtkomposition »*Geburtstagstorte*« einfließen.

Das gilt streng genommen auch für die nicht

materiell-substanziellen Anteile, die energetischen nämlich, die eine ähnliche vorgelagerte Entstehungsgeschichte besitzen.

Nehmen wir weiter an, der Konditor hätte als *Eigenlohn* für die Herstellung der Torte 50 Euro für zwei Stunden Arbeit berechnet. Dann ergäbe sich als Summe aller vorgelagerten *Teilprozesse* ein *Kostenpreis* von ebenfalls 50 Euro, der noch marktbereinigt werden muss und mit 40 Euro veranschlagt werden soll.

Letztendlich ergibt sich somit – unter Ausschluss von Markteinflüssen – ein »*reiner*« Gesamtkostenwert von 90 Euro.

Wofür steht nun diese Zahl?

Sie ist der *Kosten-Preis* für die in den *Wertschöpfungsprozess* der Torte insgesamt eingeflossenen Produktionsfaktoren *Arbeit* und *Energie.*

VI

Zum Begriff »Wertschöpfung«

An dieser Stelle muss nun auf die grundlegenden Bedingungen und systemischen Eigenschaften von *Wertschöpfung* ganz allgemein eingegangen werden.

In dem hier betrachteten Sachverhalt, wo es im weitesten Sinne um ökonomische Fragen geht, sollen zunächst keine allgemeinen menschlichen Kreativ-Prozesse beleuchtet werden, obwohl eigentlich kein grundsätzlicher Widerspruch besteht. Es sollen vielmehr jedoch nur solche Prozesse betrachtet werden, die unter der besonderen Perspektive des sogenannten *»Broterwerbs«* stattfinden.

Traditionell werden in den Wirtschaftswissenschaften als sogenannte *»Produktionsfaktoren«* genannt: Boden, Arbeit, Kapital.
Gelegentlich findet sich auch noch der Faktor *Natur* in einer ergänzenden Auflistung und ersetzt meist den Faktor *Boden* als Lagerstätte für Rohstoffe neben der Funktion des Bodens als Anbaufläche für *»Naturprodukte«* oder Betriebsstandort.

Bei einer präziseren Betrachtung der Wirkungskette von Produktionsprozessen zeigt sich sehr schnell, dass der Faktor *Boden* eine zwar notwendige, aber keine hinreichende Bedingung für Wertschöpfung darstellt, ebenso der Faktor *Kapital.*

Anders ausgedrückt und vielleicht auch ironisch: Mit Kapital und auf irgendwelchem Boden allein passiert noch gar nichts!

Die Dynamik in einen wie auch immer gearteten Wertschöpfungs- Prozess bringt allein der Faktor *Arbeit.*

Diese Tatsache muss man sich erst einmal bewusst machen, wenn man das ökonomische *Feld* in seiner ursprünglichen Eigenschaft und Bedeutung verstehen möchte.

Welche Rolle hat nun das Kapital?

Hier müssen wir zwischen Sach- und Geldkapital unterscheiden.

Im Zusammenhang mit der Wertschöpfung hat lediglich das Sachkapital eine materielle Produktionsfunktion. Geldkapital dient allenfalls zur Beschaffung desselben und sichert das Verfügungsrecht darüber.

Woher kommt aber Sachkapital?

Es stammt selbst schon aus vorgelagerten Wertschöpfungsprozessen.

Es ist somit ein abgeleiteter Produktionsfaktor.

Definiert wird es auch als »*Vor-geleistete Arbeit*«.

VII
Der Produktionsfaktor »Arbeit«

An dieser Stelle sind wir nun endgültig auch bei der Physik angekommen.

Dort ist Arbeit klar definiert und wird als jeweilige, in Energietransfer-Prozessen eingesetzte Energiemenge gemessen und in den üblichen Einheiten *Joule, Newtonmeter* oder *Wattsekunden* ausgewiesen.

In der Arbeitswelt gilt jedoch keine vergleichsweise objektiv anzuwendende Einheitenregel, die das Arbeitsmaß messtechnisch erfassen könnte, mit Ausnahme der Arbeitszeit.

Diese ist jedoch für die Bemessung des *Arbeitswertes* relativ unbedeutend, wie die enorm großen Einkommensdifferenzen sehr eindrucksvoll belegen.

Dennoch gilt, dass Arbeit als Erwerbsarbeit die zentrale Wirkgröße im ökonomischen Wertschöpfungsprozess darstellt.

Dabei muss berücksichtigt werden, dass sie stets auch mit einem physikalisch-energetischen *Begleitprozess* verbunden ist, der in außerordentlich vielfältiger Weise in Erscheinung tritt, manchmal mehr, manchmal weniger auffällig und erkennbar, jedoch stets vorhanden ist.

Diese physikalisch-energetische Form von Wertschöpfungsarbeit tritt in zwei sehr unterschiedlichen Erscheinungsformen auf.

Es sind dies einmal die rein *technische Energie* und zum anderen die *physiologisch-biologische* oder auch *»menschliche« Energie*, welche, nebenbei bemerkt, ebenso in der physikalischen Einheit *Joule* - früher *Kalorien* - gemessen wird.

Betrachten wir zunächst die technische *(Arbeits-)Energie* im Wertschöpfungsprozess.

Im Grunde kann diese -phänomenologisch betrachtet- als *»Werkzeug-Energie«* beschrieben werden, weil sie immer einen *Handlungs-Verstäker-Effekt* bewirkt, ohne den der gesamte Wertschöpfungsprozess, wenn überhaupt, so doch weit weniger effizient vonstatten ginge.

Nebenbei bemerkt treten alle physikalisch bekannten Energieformen als technische Wertschöpfungsenergien in den ökonomischen Produktionsprozessen in Erscheinung, sei es beispielsweise auch *»nur«* als Schreibtischbeleuchtung irgendeines Sachbearbeiters einer Firma, wo sie, in diesem Fall, als elektromagnetisch, wärme- und lichttechnische

Verkettung realisiert wäre.

Die menschlich-physiologische Wertschöpfungs-
energie ist nun aber gegenüber der technischen die
weitaus interessantere Form.

Zunächst einmal kennen wir sie als die rein
»kraftvolle« *Energie*-Leistung des manchmal
»schwer« arbeitenden Menschen vorwiegend als
Muskelarbeit, die dem einen mehr, dem anderen
leichter fallen mag, je nach individueller
Konstitution, dennoch aber immer, rein energetisch
gesehen, nur vom notwendigen Aufwand her
determiniert ist. Insofern sind Leistungs-
Unterschiede allenfalls im erbrachten Zeitmaß
erfassbar, die insgesamt investierte Energiemenge
hingegen ist, bezogen auf das jeweilige Ereignis,
eigentlich immer die gleiche.

Daneben gibt es nun die mehr mentale Form der
schöpferischen Energiearbeit, die man als *»Denkar-
beit«* bezeichnet.

Auch hier sind, ähnlich wie zuvor beschrieben, je
nach individueller Konstitution, Leistungsunterschiede vorwiegend als Zeitmaßdifferenzen messbar
und der reine investierte Energiebetrag produktspe-
zifisch gleich.

VIII
Der Energiefluss in der Wertschöpfung

Betrachtet man die Ursprungsquelle jedweder menschlichen Kreativ-Tätigkeit, so zeigt sich, dass alle körperlichen und geistigen Lebensvollzüge aus einem spezifischen *physikalischen Energietransfer resultieren,* der durch Nahrungsaufnahme gedeckt werden muss.

Dabei spielt es überhaupt keine Rolle, ob ich Holz hacke oder eine Differenzialgleichung löse oder eine Klaviersonate spiele, ein Buch lese oder...irgend etwas anderes tue.

Das bedeutet aber auch, dass unabhängig von individueller Neigung, eine beliebige Tätigkeit immer mit einem ganz spezifischen Energietransfer verknüpft ist, der immer auch in einer ökonomischen Beziehung zur Frage der Energiebeschaffung steht und somit *marktwirksam* wird.

Eine entscheidende Frage im Hinblick auf den Funktionshorizont der Gesamtgesellschaft ist die Auswahl der vielen einzelnen notwendigen und/oder erwünschten Tätigkeiten der vielen Individuen und deren Einbindung in das Funktionieren der Gesamtgesellschaft.

Doch ebenso wenig wie es möglich ist zu erklären, wie aus einem Energieimpuls der Großhirnrinde ein Gedanke zur Lösung einer mathematischen Gleichung entsteht, ist es möglich zu erklären, warum irgendein Mensch an einer bestimmten Stelle des »*Wirtschafts-Raumes*« eine bestimmte Erwerbsarbeit verrichtet.

Die Komplexität der individuellen und sozialen Strukturen lässt im Grunde keine verlässlichen Determinanten zu, mit deren Hilfe eine festgelegte Ziel- oder Wunschvorstellung erreicht werden könnte.

Es lassen sich allenfalls, wie so oft in *hochkomplexen Organismen*, Wahrscheinlichkeiten aus Erfahrungswerten ableiten.

Was bedeutet das alles nun für die hier infrage stehende Problematik der Definition einer verlässlichen und wertbeständigen Geldeinheit?

IX
Gesellschaft ein »Organismus«?

Gesellschaft ist im Grunde durchaus vergleichbar mit einem »Organismus«, den man auch in Analogie zu biologisch-materiellen Organismen als ganzheitliche Form eines geistig-kulturellen und sozial strukturierten Meta-Organismus verstehen kann.

In einem Organismus hat normalerweise jede Zelle ihre ganz eigene und notwendige Funktion und Bedeutung, ist somit nicht nur nicht überflüssig, sondern notwendiger Bestandteil des Ganzen.

Die Baumkrone kann nicht ohne den Stamm und die Wurzeln leben.

Wer maßt sich nun an, darüber zu urteilen, ob die Zellarbeit der Wurzeln oder die der Blätter oder der Blüten oder......usw., »*wertvoller*« ist?

Genau das aber wird traditionell in sozial verfassten menschlichen Gruppen und Gesellschaften getan.

Sind diese individuellen und gruppenspezifischen »*Egoismen*« gar Bestandteile einer wie auch immer gearteten »*höheren*« Ordnungsstruktur in einem darwinistischen Verständnis?

Eine schwierige Fragestellung, die an dieser Stelle aber nicht entschieden werden kann und soll.

X
Eine ökonomische »Quanten-Theorie«

Jede menschliche Tätigkeit, ob denken oder handeln, benötigt physiologisch-energetische Potenziale, die aus den originär biologischen Stoffwechselprozessen als physikalische Energieformen resultieren.

Nahrungsaufnahme ermöglicht diese Prozesse.

Um Nahrung zu beschaffen, benötigt der betreffende Mensch heutzutage meist wertäquivalente Tauschmittel, mit denen er dieselben *»kaufen«* kann.

Diese wachsen ihm dadurch zu, dass er eine *Wertschöpfungsarbeit* verrichtet, mit deren Tauschmittelentgelt ihm das möglich wird.

Wir erkennen hier das Grundmuster von *Tauschhandel* und *Wirtschaftskreislauf.*

Dieses Modell lässt sich auf alle denkbaren Wirtschaftsgüter anwenden.

Deren Herstellung rekrutiert sich immer und ausschließlich aus einer langen Kette räumlich und zeitlich verschränkter Wertschöpfungsarbeit im Zusammenspiel von Mensch und Maschine. Die Ursprungsquelle dafür ist immer ein physikalischer

Energie-Vorrat, der den schöpferischen »*Gestalt-wandel*« ermöglicht, den wir als *Produktion* bezeichnen.

An diesem Prozess sind im großen Maßstab alle tätigen Menschen und Maschinen beteiligt.

Daraus folgt:

Alle ökonomische Wertschöpfungsarbeit speist sich aus einem spezifischen physikalischen Energiepotenzial.

Deren kleinste Einheit definiere ich als:

»Ökonomisches Wertschöpfungs-Quant«.

Dieses kann *wertäquivalent* zu im Grunde allen gebräuchlichen physikalischen Energieeinheiten festgelegt werden, die wiederum in eine beliebige Relation zu einer neu zu definierenden Geldeinheit zu bringen wären.

Zur Veranschaulichung dieses Sachverhalts schauen wir uns das oben angeführte Beispiel der Geburtstagstorte noch einmal an.

Der dort beschriebene Gesamtkostenwert betrug 90 Euro.

Nehmen wir an, der Gesamtbetrag aller *Energie-*

Quanten in der Summierung aller Teilprozesse, die letztendlich zur fertigen Torte geführt haben, hätte 180 kwh betragen.

Nehmen wir weiter an, der monetäre Äquivalenz-wert der Energieeinheit *kwh* wäre 50 *Euro-Cent* pro *kwh*, dann errechnet sich der gesamte *Energie-Kostenwert* des Produkts mit 50 *Euro-Cent* mal 180 *kwh* zu 9000 *Euro-Cent*, gleich 90 *Euro*.

Es muss nun an dieser Stelle darauf hin gewiesen werden, dass dieses Beispiel ein willkürlich gewähltes Szenarium beschreibt.

Wie groß der hier beschriebene Energie-Summen-Wert in der so skizzierten Wertschöpfungskette tatsächlich ist oder wäre, bleibt zunächst unbestimmt. Ich habe dieses Beispiel exemplarisch so gewählt, um zu zeigen, dass es eine Verschränkung zwischen monetärer Produktbewertung, dem *Preis* und der Energiemenge gibt, die als Summe aller *Wertschöpfungs-Quanten* in das jeweilige Produkt eingeflossen ist und einen spezifischen materiellen Gestaltwandel hervorgebracht hat.

Wie oben bereits dargestellt, geht es hier darum, aufzuzeigen, dass jede Wertschöpfungsarbeit, unabhängig von jedweder, wie auch immer gearteten

Ausrichtung und Tendenz, als ökonomischer Gestaltungsprozess stets mit einem impliziten Energietransfer verknüpft ist, der ursächlich für die Produktion von Wirtschaftsgütern und somit für deren Existenz konstitutiv ist.

XI

Das »Neue Geld-System«

Was liegt also näher, ein völlig neues Geld-Wert-Bezugs-System zu entwickeln, das als Referenz-System die globale *»Operative Primärenergie-Menge«* benutzt?

»Operativ« deshalb, weil dieser Begriff den absichtsvollen ökonomischen Gestaltungswillen zum Ausdruck bringt.

Wie könnte dieses *»Neue System«* gestaltet werden und welche Folgerungen ergäben sich daraus?

Schauen wir uns dazu noch einmal die jüngste Welt-Finanz-Krise an.

Abgesehen von zahlreichen systemrelevanten Detailimplikationen war und ist das eigentliche Dilemma darin zu sehen, dass es eine fast ungebremste Geldmengenvermehrung auf der Basis zu niedriger Kreditzinsen gab.

In Kooperation mit einem ungezügelten spekulativen Gewinnstreben von *»Geldbesitzern«* hat sich ein globales Geldvolumen aufgebaut, das in keinem Verhältnis mehr zur sogenannten *»Realwirtschaft«* stand und steht, ein monetärer *»Höhenflug«* ohne *»Bodensicht«*.

Lediglich mit weitreichenden Bürgschaftserklärungen der Regierungen konnte eine durchbrechende Geld-Finanz-Katastrophe abgewendet werden. Ob diese Gefahr dauerhaft gebannt bleibt, wird vielfach bezweifelt.

Kurzum, das eigentliche Problem ist ein systemischer Fehler der Geldmengensteuerung!

Traditionell wird diese von den zuständigen Notenbanken mit einem Instrumentarium vollzogen, das neben anderen als wesentlichen Bestandteil den sogenannten »*Leitzins*« beinhaltet.

Das ist der Zinssatz, zu dem sich die Geschäftsbanken bei der Notenbank Geld leihen können, welches sie dann unter bestimmten Bedingungen an Kreditnehmer zu dann natürlich höheren Zinsen weiter verleihen. Daneben leitet sich aus diesem Leitzins auch das gesamte Zinsniveau ab, zu dem die Geschäftsbanken die Spareinlagen ihrer Sparkunden an Kreditnehmer weiterreichen.

Durch mehrfache Zyklus-Bewegungen von Geldmengen im Rahmen mehrfacher Kreditvergaben entsteht somit auf der Grundlage einer Spareinlage ein Mehrfaches ihres ursprünglichen Betrages als Geldvolumen.

Dieser Vorgang wird als *Geldschöpfung* der Geschäftsbanken bezeichnet.

Das ist an sich noch kein Problem solange die durch den *Durchschnittszins* unvermeidlich bedingte Geldmengenvergrößerung in einer ausgewogenen Relation zur Vergrößerung der realwirtschaftlichen Güterproduktion stünde.

Das aber ist gerade nicht so!

Das lässt sich nämlich ganz einfach an der Preisentwicklung ablesen, die so gut wie immer inflationär ist.

Daneben zeigt sich ein weiteres Dilemma, nämlich das der ungleichen Geldverteilung.

»Großgeldbesitzer« werden mit der Zeit unvergleichlich reicher als *»Kleingeldbesitzer«*, mit der Folge einer schleichenden Entsolidarisierung mit globaler Dimension.

Eine weitere Verschärfung des Geldmengen-Vermehrungs-Szenarios besteht darin, dass dieses einer mathematischen Exponentialfunktion folgt, mit dem Ergebnis, dass, über die Zeit gerechnet, ein nicht mehr beherrschbarer Lawinen Effekt entsteht, der das Vertrauen der Menschen in die Geldwährung zunichte macht: der monetäre *»Supergau«*!

Vor genau dieser Situation stand die Welt im Herbst 2008 und steht sie auch heute nach drei Jahren immer noch.

Mit großen Anstrengungen versuchen seither die Regierungen der großen Wirtschaftsnationen den sogenannten »Raubtier- Kapitalismus« zu zähmen und »an die Kette« zu legen.

Im Ergebnis jedoch wird die systemimmanente Fehlkonstruktion der traditionellen Geldverfassung nicht beseitigt, die zinsbasierte Gelmengenvergrößerung auf der Grundlage einer quasi willkürlich festgelegten Zahl.

Willkürlich deshalb, weil das Preisniveau die Zinshöhe bestimmt und Preise im Grunde immer »a priori« willkürlich sind, also von Beginn an; denn der Beginn einer Preisentwicklung liegt immer, wie oben gezeigt, in der Festlegung irgendeines Lohnes, den jemand an einen Anderen für eine Arbeitsleistung zahlt.

In der nachfolgenden Wertschöpfungskette summieren sich die zigfachen Einzel-Wertschöpfungen mit Markteinflüssen dann zum sogenannten »Endpreis«; nur, es gibt keinen sachlich repräsentativen Referenzwert mehr für das tatsächliche Notenbankgeld, das im Wirtschaftskreislauf »fließt«, seit der Abschaffung der Goldwährung.

Gold ist zwar immer noch der Wert schlechthin, dem die Menschen vertrauen, wie man in jüngster Zeit unter dem Einfluss der Finanzkrise an der stark gestiegenen Goldnachfrage ablesen konnte, doch es gibt nicht genug davon, um den Weltbedarf an Geld damit abdecken zu können.

Was also lässt sich tun, um wieder eine physikalische Wertbindung des quasi *wertlosen* realen Geldes, das in der Form des Buchgeldes sogar stofflos ist, wieder her zu stellen?

Die Antwort auf diese Frage habe ich oben bereits formuliert:

Geld sollte an die »*Operative Energie*« gebunden werden, die den Wertschöpfungsprozess ermöglicht.

A priori ist sie doch schon immer gleichsam als »*Conditio sine qua non*« dabei ursächlich beteiligt.

Dazu bedürfte es jedoch weitreichender fundamentaler Reformen an traditionellen sozialpolitischen und sozialökonomischen Gegebenheiten.

XII
Zur Struktur des neuen Welt-Währungs-Systems

Was also wäre zu tun?

Als erstes sollte zunächst eine international anerkannte Institution geschaffen werden, z.B. der Zusammenschluss von *Weltbank* und *Internationaler Währungsfonds*.

Diese könnte als globale *Notenbank* und zugleich als globale *Energieagentur* fungieren.

Sie würde an sogenannte »*Energieproduzenten*« Lizenzen vergeben, mit denen diese ihre Energiemengen zur »*Geld-Konversion*« anmelden müssten.

Gleichzeitig hätte sie die alleinige Befugnis, auf der Grundlage von nachgewiesenen operativen Energie-»*Inputs*« und einem international vereinbarten »*Energie-Geld-Index*«, wertäquivalente Geldmengen in Umlauf zu bringen.

Dabei versteht es sich von selbst, dass dieses eine einheitliche Weltwährung sein müsste, die zu schaffen wäre.

Welchen Vorteil hätte dieses neue Weltwährungssystem?

Es gäbe eine ganze Reihe von Vorteilen.

Zunächst einmal wäre die unheilvolle Währungs-spekulation abgeschafft und somit ein wesentlicher Bestandteil der strukturellen globalen »*Ausbeutung*« sogenannter »*Entwicklungsländer*«.

Die wirtschaftliche »*Schieflage*« dieser Länder wäre damit zwar zunächst noch nicht behoben; doch sie hätten die Chance, auf der Grundlage ihrer eigenen Energieproduktion und deren operativer Verwer-tung, global *wertiges* Geld zu schöpfen, mit dem sie preislich unverzerrte Produkte am Weltmarkt anbieten, aber auch erstehen könnten.

Qualitative Leistungsunterschiede zwischen den Ländern ergäben sich nur noch hinsichtlich der Produktivität der eingesetzten Operativen Energie.

Ein weiterer fundamentaler Unterschied zur gegen-wärtigen Geldpolitik bestünde darin, dass der tradi-tionelle Zinsbegriff mit seiner unheilvollen Auswir-kung auf die exponentielle Geldvermehrungsrate zugunsten eines *realen* Wachstums abgelöst würde.

Die globale Geldmenge würde im Gleichtakt mit der Steigerung der »*Operativen Energiemenge*« einher-gehen, die einen physikalisch überprüfbaren Bezugsrahmen hat und somit keine »*Geldblasen*« mehr zuließe.

Der Begriff der *Produktivitätssteigerung* als Grundlage von realem Wirtschaftswachstum bekäme ebenfalls eine völlig neue Dimension.

In erster Linie würde sie auf einer Energieeffizienzsteigerung basieren und bei gleichem Geldvolumen zu einem höheren Produktausstoß führen. Dies hätte zur Folge, dass diese Produkte zu geringeren Preisen einem größeren Konsumentenkreis zugute kämen.

Der wesentlichste Vorzug der neuen Geldordnung jedoch bestünde in der konsequenten Verbannung des herkömmlichen Inflationsbegriffs.

Weil das neue Geld nicht mehr quasi stoffwertlos ist, sondern eine physikalische »*Primär-Bindung*« besitzt, kann es sich auch nicht mehr ohne dieselbe vermehren.

Der Paradigmenwechsel besteht darin, dass der Geldwert nicht mehr der alten Tradition folgend, am Ende des Wertschöpfungsprozesses an den *fertigen* Produkten anknüpft, sondern zu Beginn desselben an der Bewertung der zentralen Produktionsfaktoren Energie und Arbeit.

Dies bedarf einer weiteren Erklärung:

Wie oben bereits näher erläutert, vollzieht sich in unserer aktuellen Ökonomie-Landschaft mit der traditionellen Geld-Güter Beziehung eine implizite

Bewertung der Produktionsfaktoren auf weitgehend willkürlicher und spekulativer Basis. Das heißt, Markteinflüsse und Machtverhältnisse bestimmen den Preis für Arbeit und Energie, die wie wir gesehen haben, die *natürlichen* Wertschöpfungsquellen sind.

Dabei muss berücksichtigt werden, dass das tatsächlich vorhandene Notenbankgeld im Zeitkontinuum von z.B. einem Jahr, mehrfach aus dem aktuellen Handelsgüter-Vorrat bestimmte *»Umsatz-Pakete« auslöst, was in der Fachterminologie als »Umlaufgeschwindigkeit« bezeichnet wird.* Infolge der Marktgesetze wird so aus dem Verhältnis von Geld- und Gütermenge das jeweilige aktuelle *Preisniveau* bestimmt.

Die Folge davon ist, dass eine spekulative Geldvermehrung eine latente Inflation verursacht, weil die *marktwirksame* Geldmenge automatisch -bei nicht gleichermaßen gewachsener Gütermenge- auf diese mathematisch abgebildet wird und somit einen Preisauftrieb zur Folge hat.

Genau dieser Vorgang kann in dem *neuen* Geldsystem nicht mehr stattfinden, da die Steigerung des Geldvolumens von dem Zuwachs der *»Operativen Energie«* abhängig ist und somit das Geld eine quasi-materielle Sachbindung besitzt.

48

Dieses wird durch die Systemgröße »*Energie-Geld-Index*« gewährleistet, welche die entscheidende Bezugsgröße im neuen Geldsystem darstellt.

XIII

Der Energie-Geld-Index

Wie könnte ein solcher, heute aktueller Wert bestimmt werden und welcher Wert wäre angemessen?

Schauen wir uns dazu das gegenwärtig aktuelle Welt-Energie-Bedarfsniveau einmal genauer an.
Der Fischer Weltalmanach aus dem Jahr 2009 gibt für das Jahr 2006 einen Weltbedarf an Primärenergie von ca. 127 Billionen kwh an.
Der Energiebedarf für Deutschland wird mit ca. 4,1 Billionen kwh angegeben.
Für dasselbe Jahr gibt die Weltbank die Zahl von ca. 48,5 Billionen US-Dollar als globale Wertschöpfung an, also das gesamte auf der Welt erwirtschaftete Sozialprodukt.
Bei einer Umrechnung der nationalen Währungen nach Kaufkraftparitäten errechnet sich dieses auf ca. 66,6 Billionen US-Dollar.
Der entsprechende Wert für Deutschland liegt bei 2,9 Billionen US-Dollar.
Legt man die Zahlen der Kaufkraftparitäten zugrunde und setzt diese ins Verhältnis zum

Primärenergiebedarf, so ergibt sich ein mittlerer Durchschnittswert von etwa 0,5 US-$ pro kwh, entsprechend 0,4 € pro kwh bei einem mittleren Umrechnungskurs von 1,25 $ für 1€ .

Welche Bedeutung haben diese Zahlen für das oben skizzierte neue Geldsystem?
Dazu in aller Kürze ein mögliches Szenario:

Ein potenzieller Energieversorger, nennen wir ihn beispielsweise »Alpha Oil«, verkauft in einem Quartal 30 Millionen Liter Rohöl an Abnehmer verschiedener Branchen. Das entspricht einem Äquivalenzwert von ca. 300 Millionen kwh Primärenergie.
Bei einem zugrunde liegenden Energie-Geld-Index von 0,5 US-$ /kwh könnte die Globale Notenbank/Energieagentur einen entsprechenden Notenbankgeldbetrag von 150 Millionen US-$ in den globalen Geldkreislauf einspeisen.
Dieser Betrag hat natürlich zunächst nichts mit dem Preis zu tun, den die Ölfirma beim Verkauf erlösen kann. Diese Notenbank-Geldmenge drückt lediglich den Wertschöpfungsbetrag aus, der sich auf dieser Energiemenge in der Folge aufbauen

wird, bei angenommener stetiger und stabiler Wirtschaftstätigkeit.

Die finanztechnischen Details des Vorgangs entsprechen natürlich den üblichen fachlichen Kriterien und organisatorischen »*Gepflogenheiten*« von Notenbanken.

An dieser Stelle sei auch der Hinweis auf die wirtschaftswissenschaftlich diskutierten Begriffe aus der *Quantitätstheorie*, der *Neo- Quantitätstheorie* sowie der klassischen, sogenannten »*Verkehrsgleichung*« gestattet, deren Gültigkeit hier nicht infrage gestellt werden soll.

Hier geht es vielmehr um eine reformerische Betrachtung der *Geldtheorie* in Anbetracht der Begrenztheit natürlicher *Ressourcen* vor dem Hintergrund globaler, ungezügelter und ruinöser Ausbeutung derselben.

In diesem Sinne muss natürlich auch über die Begrenzung von Energiepreisen gesprochen werden.

Diese werden implizit durch die Bemessung der zentralen Systemgröße *Energie-Geld-Index* beeinflusst.

Andererseits bestimmen sie im Wesentlichen auch deren Größe.

Hier liegt somit ein klassisches »Henne-Ei« Paradoxon vor, das sich wohl nur mit einer konsequenten weltweiten Festlegung von verbindlichen Lohn- und Einkommen-Standards lösen lässt.

XIV
Resümee und Ausblick

Halten wir fest:

Eine *energiebasierte* Geldmengensteuerung auf der Grundlage von weltweiten Mindestlohn-Standards und einem daraus abgeleiteten *Energie-Geld-Index*, könnte dazu beitragen,

- Inflation abzuschaffen,
- einen globalen Finanzcrash zu vermeiden,
- weltweite Massen-Armut zu beseitigen und
- letztlich auch eine nachhaltige, Umwelt schonende Energiebereitstellung und -versorgung zu entwickeln, weil sie – neben und in Verbindung mit der *kreativen Human-Energie* - als die zentrale Wertschöpfungsquelle anerkannt würde, die sie ohnehin ist und nicht mehr das Geld an sich dem Interessenfeld von globalen, raffgierigen, »*Geldsammlern*« überlassen bliebe.

Zum Schluss:

Es mag sein, dass den ein oder anderen unter uns, angesichts der dramatischen Umwälzungen infolge der Globalisierung, eher ein Gefühl von Skepsis und Unsicherheit befällt, wenn er an die Zukunft denkt.

Die Ereignisse des Jahres 2008 aber auch die gegenwärtigen Währungsprobleme um den Euro sind nicht gerade ermunternd in dieser Hinsicht, besonders auch angesichts der sehr unterschiedlichen, ja gegensätzlichen Einschätzungen der sogenannten Wirtschaftsexperten.

Dieses aber zeigt uns gerade in überdeutlicher Klarheit die Begrenztheit sozial-ökonomischer »Höhenflüge« auf und gleichzeitig auch die Notwendigkeit, diese kontrolliert zu begrenzen und zu stabilisieren.

Um in der Fliegersprache zu bleiben: In großer Höhe sinkt mit der Luftdichte auch der Auftrieb und damit die Stabilität. Hier wäre dann ein funktionstüchtiger »Auto-Pilot« von besonderem Vorteil.

Als solchen verstehe ich meinen oben ausgeführten Vorschlag einer *neuen* Geldordnung.